Nous remercions le Conseil des Arts du Canada,
le ministère du Patrimoine canadien et la SODEC
de l'aide accordée à notre programme de publication.

 Patrimoine   Canadian
canadien   Heritage

Illustration de la couverture
et illustrations intérieures :
Philippe Germain

Édition électronique :
Infographie DN

LES TROIS PETITS SAGOUINS

DE LA MÊME AUTEURE
AUX ÉDITIONS PIERRE TISSEYRE

Aïcha, nouvelle du collectif **Entre voisins,** 1997

AUX ÉDITIONS HÉRITAGE

Les oiseaux de chez nous, documentaire, 1990
Les mammifères de chez-nous, documentaire, 1991
Les animaux du Grand Nord, documentaire, 1993
Kotik, le bébé phoque, docu-fiction, 1995
Nanook et Nayoa, les oursons polaires, docu-fiction, 1995
Variations sur un même t'aime, nouvelles, 1997

CHEZ SOULIÈRES ÉDITEUR

La chèvre de monsieur Potvin, 1997

AUX ÉDITIONS STANKÉ

Baby-boom blues, récit en collaboration
    avec Francine Allard, 1997

Données de catalogage avant publication (Canada)

Delaunois, Angèle

    Les trois petits sagouins

    (Collection Sésame; 5)
    Pour les jeunes.

    ISBN 2-89051-690-3

    I. Titre II. Collection.

PS8557.E433T76 1998   jC843'.54   C98-940094-8
PS9557.E433T76 1998
PZ23.D44Tr 1998

ANGÈLE DELAUNOIS

LES TROIS petits sagouins

conte coquin

ÉDITIONS
PIERRE TISSEYRE

5757, rue Cypihot, Saint-Laurent (Québec) H4S 1R3
Téléphone: (514) 334-2690 – Télécopieur: (514) 334-8395
http://ed.tisseyre.qc.ca
Courriel: info@ed.tisseyre.qc.ca

À Rénald, Marie-Claude, Dominick
et Jean-René…
les quatre Lebeuf que j'aime

1

UN LOUP AVERTI
EN VAUT DEUX

Avant d'accepter l'emploi de
« gardien à tout faire » à la ferme de
monsieur Lebeuf, Gaston Leloup
prit le temps de réfléchir. C'est nor-
mal, les loups et les hommes ont
rarement fait bon ménage.

Qu'on y pense seulement! Du-
rant les deux dernières années, il
avait failli laisser sa peau dans le
piège d'un trappeur; un chasseur

de spécimens rares avait presque réussi à l'enfermer dans un zoo et un écologiste timbré l'avait pourchassé sans relâche afin de l'expédier en Alaska pour sa sécurité… là où il ne connaissait pas le moindre chat.

Traqué jour et nuit, Gaston Leloup en avait ras le bol et cherchait une solution pour disparaître quelque temps de la circulation. L'offre d'emploi de monsieur Lebeuf tomba donc à pic. Manger trois écuelles par jour en surveillant des volailles et des lapins inoffensifs… voilà qui lui semblait acceptable dans les conditions présentes, malgré la méfiance ancestrale que lui inspiraient les humains.

Gaston était un grand gaillard solide, au poil noir, un peu efflanqué côté poitrail… mais c'était provisoire. Plutôt curieux et amical, il sut vite se faire accepter par presque tous les animaux de la ferme.

Il avait pour mission d'accompagner les vaches à l'étable quand elles revenaient des champs, de surveiller les canards et les oies qui se chicanaient sans arrêt aux abords de l'étang, de faire la police chez les poules qui oubliaient les horaires et se perdaient régulièrement dans les taillis et d'assurer la sécurité des moutons et des chèvres. On ne pouvait jamais être sûr qu'un animal sauvage ne rôdait pas dans les environs. Gaston en connaissait long sur la question et comme on dit : *Un loup averti en vaut deux* [1]*.

Le domaine de monsieur Lebeuf était blotti au milieu des champs de maïs et de trèfle, tout au bout d'un chemin de terre. Bien malin qui viendrait le chercher jusque-là. Juste derrière la ferme, il y avait une montagne pas très haute, plutôt une colline. Mais ça suffisait à Gaston pour qu'il se sente tout à fait rassuré. Au cas où.

2

SALES COMME
DES COCHONS

La ferme de monsieur Lebeuf abritait aussi une maisonnette en briques. C'était la porcherie où étaient nés les trois petits cochons. Autant le dire tout de suite, on ne les aimait pas beaucoup dans la basse-cour. Ils ne se mêlaient jamais aux autres et passaient pour des malappris. Le pire du pire, c'est qu'ils étaient *sales… comme des cochons*[2] et laissaient partout des traces.

Tous les matins, ils allaient patauger dans l'étang en éclaboussant sans aucun respect les canards et les oies. Ensuite, ils se roulaient dans la boue sans se soucier des poules qui y cherchaient leur pitance. Après, ils s'ébrouaient en projetant des millions de postillons noirs sur la belle toison blanche des moutons. Ils plongeaient leurs pattes souillées dans le bassin d'eau potable en se moquant des beuglements de protestation des vaches.

Quand venait l'heure des repas, c'était un spectacle dégoûtant de les voir se bousculer devant leur auge et d'engloutir en rotant et en pétant tout ce qui s'y trouvait. Et si d'aventure ils pouvaient mettre la patte sur la portion d'un autre, rien ni personne ne pouvait les retenir. *On n'engraisse pas les cochons à l'eau claire*[3]... tout le monde sait ça!

On les tolérait. On n'avait pas le choix. Monsieur Lebeuf fondait beaucoup d'espoir en leur avenir. Mais derrière son dos, on ne les appelait pas autrement que « les trois petits sagouins ».

3

LES TROIS FONT
LA PAIRE

Ils étaient frères. De la même portée. Quelques mois auparavant, ils avaient été séparés de leur mère qui avait été sélectionnée pour poursuivre sa carrière dans une charcuterie française très chic. La qualité de ses jambons avait d'ailleurs fait beaucoup de bruit. On en avait jasé dans toute la région.

Fier de la progéniture de sa championne, monsieur Lebeuf avait donné des ordres très stricts à Gaston. On devait laisser les cochons tranquilles, ne pas les embêter avec des questions de savoir-vivre et les laisser faire ce qu'ils voulaient dans l'enceinte de la ferme. Tant pis s'ils dérangeaient un peu l'ordre établi: l'épaisseur de leur graisse en dépendait.

On ne pouvait imaginer trois frères plus différents. Le premier s'appelait Attila. Mieux connu sous le surnom d'«Attila-les-gros-bras». C'était un sportif, pas très brillant, dont les muscles lui tenaient lieu de cervelle. Il adorait les arts martiaux et, à toute heure du jour, on le voyait exécuter des prises, des clés et des *katas* en poussant des grognements à faire peur. Il était ridicule et tout le monde pouffait de rire derrière son dos.

Le second, c'était Clovis-l'artiste. Plutôt maigrichon et toujours dans les nuages, il se prenait pour un poète. Son truc à lui, c'était de composer des sonnets et des odes qu'il déclamait à voix haute, à la face du ciel, en prenant les nuages à témoin de son génie. Il assommait tout le monde avec ses vers de mirliton qui *n'avaient ni queue ni tête*[4] et on le fuyait comme l'ennui.

L'aîné était bien différent des deux autres. C'était un intellectuel, toujours plongé dans les bouquins et les journaux. Il aurait aimé qu'on l'appelle «Charlemagne-le-sage», mais il lui manquait quelque chose d'essentiel pour être vraiment sage. Intelligent de tête mais avec le cœur gros comme un

petit pois, tout le monde redoutait sa méchanceté et on l'évitait comme la peste.

Les trois cochons formaient un groupe à part, toujours prêts à s'épauler en cas de coup dur. Après le départ de leur mère, ils avaient décidé d'un commun accord de faire leur vie chacun de leur côté. Attila s'était bricolé un abri sommaire à côté du fenil, en appuyant des gerbes de paille les unes sur les autres. Clovis avait élu domicile dans la cabane en planches du potager où l'on rangeait les outils. Quant à Charlemagne, personne n'aurait osé le déranger dans ses habitudes et il demeurait toujours dans la petite maison qui l'avait vu naître.

4

PRINCESSE
KATIOUCHKA

À la ferme, Gaston était vite devenu populaire. Il avait même essayé de faire copain-copain avec les trois sagouins, mais ceux-ci avaient décidé de l'ignorer. Comme on dit: *Chacun chez soi et les cochons seront bien gardés*[5].

Tout ce petit monde coulait des jours paisibles. L'été était arrivé, chaud et clair. Les prairies regorgeaient de fleurs ; les poussins cavalaient partout ; les veaux du printemps gambadaient dans l'herbe ; les chevreaux grimpaient sur les clôtures ; Luciano, le coq, essayait de nouvelles vocalises... bref, tout baignait dans l'huile.

C'est alors qu'arriva Katiouchka ! Sur l'heure de midi, un nuage de poussière se mit à serpenter dans le chemin et une petite Coccinelle verte s'arrêta pile dans un grincement de pneus, devant la porte de monsieur Lebeuf. C'était sa nièce qui venait lui rendre visite. Après les embrassades d'usage, la jeune fille ouvrit la portière pour permettre à la vedette du jour de faire son apparition... et une superbe chatte rouquine descendit de l'auto avec une majesté de reine.

Impossible d'imaginer plus joli minois. Des griffes aux oreilles, tout en elle était exquis. Avec sa robe caramel, zébrée de roux, et ses grands yeux d'or, elle ressemblait à une tigresse miniature. C'était une véritable princesse russe dont les origines se perdaient dans la nuit des siècles.

Avec une belle coquetterie de féline, Katiouchka sauta sur le capot de l'auto, jeta un regard à la ronde pour s'assurer qu'elle était le point de mire, sourit aux regards admirateurs qui la saluaient et entreprit de remettre de l'ordre dans sa toilette, à petits coups de langue rose.

« Bonjourrr, vous autrrres ! » jeta-t-elle à la ronde.

La nouvelle se propagea comme une traînée de poudre et, bientôt, toute la ferme ne parla plus que de l'arrivée de cette princesse. On joua même des sabots et des cornes pour l'approcher de plus près. On s'extasiait sur son élégance, sur la finesse de ses moustaches, sur l'originalité de ses rayures... Et cet accent si exotique! Personne n'avait jamais miaulé comme ça dans les environs.

Tout le monde se réjouit lorsqu'on apprit que sa jeune maîtresse l'avait confiée au fermier pour plusieurs mois, en raison d'un long voyage à l'étranger. Monsieur Lebeuf remis cette invitée de marque aux bons soins de Gaston. Tout devait être fait pour lui rendre le séjour aussi agréable que possible. Il n'avait pas besoin de s'en faire car, dès le premier regard, Gaston était tombé amoureux fou de la belle Katiouchka.

5

ATTILA PREND
LE TAUREAU
PAR LES CORNES

Il n'était pas le seul. Les trois cochons étaient tombés sous le charme, rêvant, eux aussi, aux pattes de velours et aux mines de chatte de la coquine. On se demandait avec angoisse qui allait devenir l'ami de son cœur. Chacun essayait de se montrer à son avantage... l'un en faisant valoir sa

belle prestance, l'autre son voca-
bulaire, le troisième ses connais-
sances, qui encore son sens de
l'humour… et ainsi de suite.

Attila *prit le taureau par les
cornes* [(6)]… façon de parler, bien
sûr. Son raisonnement était très
simple. C'était lui le plus beau.
La chatte était la plus belle. Donc,
un plus un faisant deux…. il était
logique qu'elle le choisisse LUI.
(Il n'avait jamais été très fort en
mathématiques. Quant à sa con-
naissance du cœur féminin, alors
là, c'était la catastrophe!)

Ne se doutant de rien, il invita
donc la belle dans son abri en
paille pour une petite soirée spé-

ciale. Il voulait lui faire un vrai numéro de cirque, avec démonstration de karaté, de kung-fu et de judo qui, il en était convaincu, n'aurait d'autre résultat que de la faire se pâmer d'amour pour lui.

Lorsque la chatoune accepta, une petite étincelle de malice se mit à briller dans ses beaux yeux. Ce gros lourdaud avait tout d'un bouffon. Elle allait sûrement s'amuser.

Et voilà le cochon qui ouvre la porte de sa maison, qui laisse passer la belle ronronneuse… qui la fait asseoir sur une natte… et qui se met en frais de commencer tout de suite son spectacle. (C'était d'ailleurs préférable, car il n'avait aucune conversation.)

Pour éblouir son invitée, Attila se surpassa, sautant en l'air, rebondissant sur le sol avec des grognements à réveiller les morts, donnant des coups de poing dans le vide. À la fin, il s'embrouilla dans ses mouvements, se prit le pied dans ses pattes et tomba de tout son poids sur le mur de paille le plus fragile de la maison. Arriva ce qui devait arriver ! La maison se mit à trembler et, comme dans un film au ralenti, elle s'écroula dans un gros nuage de poussière.

Katiouchka s'était enfuie bien avant la catastrophe. Attila-les-gros-bras se retrouva enfoui sous une avalanche de paille et de branches dont il réussit à se dégager cinq bonnes minutes plus tard, en crachant et en éternuant à fendre l'âme.

La première chose qu'il vit en reprenant ses esprits le jeta dans une rage folle. Près du puits, Gaston Leloup et Katiouchka riaient comme deux malades. La belle qu'il voulait séduire riait DE LUI avec ce va-nu-pieds de loup et ils avaient l'air de *s'entendre comme deux larrons en foire* [7].

Attila perdit les pédales et se mit à glapir :

« C'est sa faute, je l'ai vu. C'est lui qui a détruit ma maison. Je l'ai vu, il a soufflé dessus, il a donné des coups de pied dans les murs... C'est sa faute ! »

Alerté par tout ce chahut, monsieur Lebeuf sortit en trombe de la ferme. Lorsqu'il vit son cochon le plus gras, le poil poussiéreux et la queue toute « détirebouchonnée », il tourna sa colère contre Gaston qui riait encore comme un fou.

Trois jours enfermé dans le garage, à l'eau et aux croquettes sèches, avec permission de sortir uniquement pour faire pipi... Le loup essaya bien de protester mais en vain. Katiouchka, la fine mouche, s'était réfugiée sur le toit pour éviter la colère du maître. Elle fut outrée de la dureté de la punition et de la fourberie d'Attila.

« Sale hypocrrrite de grrros sagouin! » lui cracha-t-elle.

Les oreilles basses et le groin triste, Attila-les-gros-bras comprit – mais un peu tard – qu'il avait perdu toutes ses chances auprès de la belle. En avait-il d'ailleurs jamais eu?

6

TOUT FEU
TOUT FLAMME

Clovis eut le bon sens d'attendre que la tempête se calme un peu. Attila boudait. Katiouchka le *regardait en chat de faïence*[8] et Gaston l'ignorait avec mépris en se disant que *la vengeance est un plat qui se mange froid*[9]. Au bout d'une semaine cependant, tout semblait rentré dans l'ordre.

Clovis-l'artiste avait remarqué que la chatte était d'un naturel romantique. Elle soupirait devant les feux du soleil couchant, s'arrêtait pour humer le parfum des fleurs, appréciait la voix de ténor de Luciano, le coq... Il supposa donc que sa poésie aurait des chances de lui valoir quelques sourires... et peut-être plus. Il aborda la chatte en faisant mille manières :

— Belle damoiselle, me feriez-vous le plaisir d'assister à un récital de poésie ?

— Vous composez des verrrs, trrrès cherrr ?

— Vos beaux yeux m'inspirent. Je viens d'achever trois sonnets, un lai et une chanson à dix-huit couplets.

— Incrrroyable ! Tout ça, juste pourrr moi ?

Comme toutes les chattes du monde, Katiouchka était sensible aux compliments. Elle se sentait flattée d'être devenue la muse de Clovis-l'artiste et elle accepta son invitation. Après tout, une petite soirée littéraire n'engageait pas à grand-chose. Pour plus de sûreté, elle demanda à Gaston de rester dans les parages afin d'intervenir si quelque chose tournait mal. *Chatte échaudée*[10]...

Clovis décida de faire les choses en grand. Il fit le ménage de sa cabane, balaya le sol, entassa toutes les paperasses inutiles dans un coin, dénicha un fauteuil et une table et mit de l'ambiance dans le décor avec quelques chandelles parfumées... Il alla même jusqu'à éviter de se rouler dans la boue après sa trempette matinale, ce qui équivalait pour lui à une grande toilette.

Lorsqu'elle pénétra dans l'abri de planches, la chatoune fut agréablement surprise. Clovis-l'artiste la fit asseoir sur le fauteuil et lui offrit une tasse de lait chaud et des biscuits au saumon fumé. Il était un peu nerveux. Il faut le comprendre : c'était la première fois qu'il se produisait devant un public aussi distingué. Il se racla la gorge et commença ainsi :

«Vieille tigresse, vos gros yeux me font pourrir d'amour [11]. »

Ce n'est pas ça qu'il voulait dire, bien sûr. Il s'excusa et recommença à zéro :

« Belle bougresse, vos beaux gueux me front mourir toujours.... Euh, non! *Fière diablesse, vos gros bœufs me font courir au four...* Mille pardons! *Chère confesse, vos pots d'œufs me font souffrir le jour...»*

Ça n'allait pas du tout! Clovis avait un trac fou et il se rendait compte que Katiouchka faisait tout ce qu'elle pouvait pour ne pas lui rire au nez. Sa soirée était à l'eau, c'était raté! Il prit une grande respiration et s'assit sur le coin de la table pour s'éponger le front... C'est alors que tout se précipita.

La table était vermoulue. Lorsque le cochon y posa son postérieur rebondi, elle s'écroula avec fracas. Clovis se retrouva les quatre fers en l'air, tout ahuri. Le chandelier qui était sur la table tomba aussi. La flamme de la bougie lécha le paquet de paperasses entassé dans le coin et, en moins de temps qu'il ne faut pour l'écrire, la cabane en bois sec s'alluma comme une torche.

Gaston, qui avait tout entendu, bondit à la première flammèche. Il

enleva la minette sur son dos et courut la déposer en sécurité à l'autre bout du potager. D'un même élan, il retourna vers le brasier pour venir en aide au second sagouin qui couinait avec désespoir, prisonnier des flammes. Il le sauva *in extremis*.

Ne croyez pas que Clovis lui en fut reconnaissant. Non! Dès qu'il reprit ses esprits, le poil roussi et le groin chiffonné, il jeta un œil mauvais au loup et se précipita dans la demeure de monsieur Lebeuf. Gaston fronça le museau.

«Hou! la la! je sens que ça va être encore ma faute, cette histoire-là!»

Fais du bien à un cochon et il viendra crotter sur ton balcon[12]. Les proverbes ont toujours raison.

7

PLUS FACILE À DIRE
QU'À FAIRE

On ne sait pas ce que le sagouin raconta au fermier. Mais, encore une fois, ce fut le pauvre Gaston qui trinqua. Il reçut dix coups de fouet et fut attaché à une grosse chaîne pendant toute une semaine. Le déshonneur total pour un loup.

S'il n'y avait pas eu Katiouchka, il aurait pris la poudre d'escampette à la première occasion et serait reparti vers sa vie d'aventures. Mais la chatte se montrait si gentille, si caressante, si... La complicité grandissait chaque jour davantage entre eux.

« Aprrrès tout, pensait-elle, il m'a sauvé la vie. C'est un hérrros! Il a même sauté dans les flammes pourrr rrrescaper ce rrridicule cochon de sagouin, incapable de dirrre deux mots intelligents de suite. »

Dès qu'elle croisait Clovis quelque part, la chatte se mettait en colère et lui grondait des injures :

« Sale imbécile crrrotté de petit sagouin trrriste! »

Le surnom fut vite adopté et Clovis-l'artiste devint Clovis-le-trrriste. (Ça lui allait d'ailleurs très bien car, depuis sa mésaventure, il avait toujours la larme à l'œil.)

Charlemagne regardait tout ça de loin. Et il ruminait... ce qui est tout de même bizarre pour un cochon. Comme il était très intelligent, il avait compris depuis longtemps qu'après les gaffes de ses deux nigauds de frères, ses chances à lui de conquérir la petite chatte étaient moins que nulles. Tout ça à cause de ce loustic de loup qui faisait l'important et se mettait toujours la patte dans ce qui ne le regardait pas.

Restait une seule solution : le rayer de la carte. L'écraser comme une punaise contagieuse, l'expédier par la poste à l'autre bout du monde ou encore le pendre par la queue à une poutre du grenier....

Ce n'était pas l'imagination qui faisait défaut à Charlemagne, mais tout ça, c'était plus facile à dire qu'à faire.

Charlemagne passait ses journées à fulminer. La chatoune l'ignorait avec dédain. Toute la ferme se moquait de sa famille. Gaston était devenu une vedette. C'était intolérable! Puisqu'il était impossible de devenir l'ami de la rouquine, il allait se venger d'elle aussi. Elle allait lui servir d'appât pour attirer le loup dans un piège dont ils ne reviendraient ni l'un ni l'autre. Et après ce coup fumant, plus personne n'oserait se payer sa tête.

« Foi de verrat, on verra ce qu'on verra! »

Le troisième petit sagouin était devenu Charlemagne-la-hargne. La sagesse s'était enfuie loin de lui.

8

LA CHATTE
SORT DU SAC

Katiouchka et Gaston étaient devenus *copains comme cochons*[18]... enfin si on peut dire. On les voyait trotter partout ensemble. Ils partageaient leurs souvenirs et se découvraient bien des points communs. La minette racontait les incroyables péripéties vécues par sa famille d'émigrants russes (ça, c'est une autre histoire!)... Le loup lui confiait les hauts et les bas de sa carrière de gitan carnivore (ça aussi!). On les entendait rire à tout bout de champ.

Pendant ce temps-là, les sagouins s'organisaient dans le plus grand secret. Charlemagne avait mis ses deux frères dans le coup et ceux-ci avaient accepté, trop contents de se venger de cet arrogant de loup et de sa rouquine.

Le plan du sagouin en chef était simple: tout d'abord kidnapper la chatte, l'entraîner jusqu'à la petite maison de briques et la ficeler comme un salami afin qu'elle ne s'échappe pas. Naturellement le stupide joli cœur partirait à sa recherche et finirait bien par entendre ses appels. Dès qu'il franchirait la porte de la maisonnette, les trois cochons lui tom-

beraient dessus et lui feraient sa fête. Après, on aviserait de la meilleure façon de se débarrasser des deux indésirables.

La première partie du plan marcha comme sur des roulettes. Katiouchka rentrait à la ferme après une soirée sous les étoiles avec Gaston, lorsqu'un sac noir, venu on ne sait d'où, lui tomba sur la tête. On l'immobilisa, on l'empaqueta comme un jambon, on l'emporta... tant et si bien qu'elle ne put que miauler à en perdre haleine:

« Au secourrrs, à l'aaaaide... à moooiiiooouuu!»

On s'en doute, Gaston n'était pas loin. Il entendit les cris de désespoir de sa belle et se hâta dans cette direction. Mais il était loin d'être un imbécile et il s'arrêta pour réfléchir lorsqu'il se rendit compte que les miaulements lui parvenaient de la porcherie. Il y avait du cochon là-dessous!

Sans faire de bruit, le loup monta sur le toit et colla son oreille dans le trou de la cheminée. *La chatte sortit du sac*[(14)].

« Menteurrrs, hyprocrrrites, énerrrgumènes rrrépugnants, horrribles malapprrris, cancrrrelats pourrris, sinistrrres corrrnichons...»

Pour une princesse, Katiouchka avait un drrrôle de vocabulairrre. Les trois sagouins n'en revenaient pas et ils avaient bien du mal à la maintenir en place malgré ses liens. Soudain, on entendit Attila couiner :

— Hou! la la! Aïe! Ouille! Elle m'a griffé!

— Tenez-la bien, les gars, l'autre crétin ne devrait pas tarder à arriver, beugla Charlemagne.

— Crrrétin toi-même, grrros crrrapaud rrrose crrrasseux. Mon cherrr Gaston te vaut des milliarrrds de fois.

— Attention, elle a réussi à dégager ses pattes, la diablesse! Ne la laissez pas s'échapper.

Impossible de décrire tout le tohu-bohu qui s'ensuivit. Mort d'inquiétude, Gaston plongea dans la cheminée et atterrit la tête la première dans une grosse bassine pleine de soupe aux nouilles qu'il renversa.

Ah! mes amis, imaginez un peu la belle pagaille. Malgré leur force, les trois sagouins n'étaient pas de taille devant deux adversaires aussi déchaînés. La chatte distribua des coups de griffe et le loup des coups de dent. Paniqués, les trois frères se mirent à courir dans tous les sens pour leur échapper, glissant dans les nouilles pâteuses et la soupe collante, poussant des cris de cochons qu'on égorge. Quel chahut, quel cataclysme, quelle cochonnerie!

C'est à ce moment-là que le gros projecteur de la cour s'alluma. On entendit une porte claquer et monsieur Lebeuf se mit à hurler:

« Qu'est-ce-qui se passe encore par ici, topinambour de topinouche!»

Gaston et Katiouchka se regardèrent. Ça allait barder et il valait mieux *ne pas faire de vieux os*[15] dans les environs. Ils bondirent vers la porte, ouvrirent le loquet et, d'un même élan, s'enfuirent tous les deux dans la nuit bleue. Monsieur Lebeuf aperçut les deux silhouettes sombres se diluer dans le paysage, mais il ne put rien faire. *La nuit, tous les chats sont gris* [16]. Tous les loups aussi.

9

COCHON
QUI S'EN DÉDIT

Lorsqu'il constata l'étendue du désastre, monsieur Lebeuf se dit que les trois sagouins lui compliquaient beaucoup la vie. Ça ne pouvait plus durer. Il les boucla dans leur maisonnette de briques, avec interdiction de sortir. Élever des porcs devenait de plus en plus cochon.

Il rentra chez lui, bien découragé, et se jura de téléphoner, dès le lendemain matin, à la célèbre charcuterie française pour les envoyer poursuivre leur carrière ailleurs. Ensuite, il se lancerait dans le dressage des cochons d'Inde... ce qui serait sûrement moins dégoûtant. Quant aux deux fuyards, ils ne perdaient rien pour attendre!

Pendant ce temps-là, la chatte et le loup avaient déjà fait un bon bout de chemin dans la montagne. Ils trottèrent une bonne partie de la nuit. Gaston n'avait pas l'intention de retourner à la ferme, mais il s'inquiétait pour Katiouchka, habituée au confort d'une maison et d'un coussin bien rembourré.

Lorsque les grandes écharpes roses de l'aurore montèrent vers le ciel pour annoncer le soleil, ils s'arrêtèrent près d'une source et prirent le temps de se désaltérer. C'est là que Gaston ouvrit son cœur à sa belle :

— Si tu veux retourner, il est encore temps. Monsieur Lebeuf n'osera pas être trop dur avec toi. Tu es son invitée.

— Tu ne désirrres pas que je parrrte avec toi ? C'est vrrrai ?

— Pas du tout ! Mais dans la montagne, la vie est faite d'aventures. Un jour on mange, l'autre pas. Et on ne sait jamais où on va dormir. Moi, je ne demande pas mieux que tu restes avec moi, mais je ne peux pas t'offrir le confort d'une maison.

La rouquine se mit à miauler de rire.

— Crrrois-moi, j'en ai vu bien d'autrrres. La liberrrté vaut bien

tous les coussins et tous les châteaux du monde.

Et elle se colla contre lui pour lui ronronner à l'oreille:

— Avec toi, je pourrrais aller jusqu'au bout de la terrre, trrrès cherrr... et j'adorrre le camping sauvage.

Gaston bomba le poitrail et se dit que, décidément, la journée commençait bien. Les deux amis s'allongèrent côte à côte sur la mousse, sous les basses branches d'un sapin. Bercés par le chant des grillons, ils s'endormirent, heureux et complices.

Nul ne revit la petite chatte rousse et le grand loup noir. La nièce de monsieur Lebeuf fut très peinée de la perte de sa compagne. Quant au fermier, il ne retrouva jamais un gardien aussi efficace et il se demande encore parfois s'il n'a pas été un peu injuste avec lui. *Mieux vaut tard que jamais*[17].

Comment j'ai su cette histoire? C'est un coquin de petit vent d'est qui me l'a racontée, l'été dernier. Il colporte partout que les deux tourtereaux filent le parfait amour, qu'ils forment une équipe du tonnerre à la chasse et qu'ils se sont installés dans une grotte, tout là-haut, dans la montagne.

Aux toutes dernières nouvelles, ils y étaient encore. Je connais leur adresse, mais j'ai promis de ne rien dire car, comme dirait le proverbe: *Cochon qui s'en dédit*[18]!

PETIT MESSAGE
DE L'AUTEURE
À SON LECTEUR

Dans mon texte, je me suis beaucoup amusée à utiliser des proverbes et des expressions anciennes que tu ne connais peut-être pas. Quelquefois, j'ai poussé le jeu jusqu'à les modifier un peu afin de les adapter au contexte. Pour t'aider à t'y retrouver, je les ai numérotés et je les ai écrits en italique. Ci-dessous, au numéro correspondant, tu trouveras l'expression originale, ainsi que son sens.

1. **Un homme averti en vaut deux :** un homme qui est averti est d'autant plus vigilant.

2. **Sale comme un cochon :** les cochons ne sont pas vraiment sales, mais ils ont cette réputation parce qu'ils se roulent dans la boue pour protéger leur peau qui est très fragile, paraît-il.

3. **On n'engraisse pas les cochons à l'eau claire :** les cochons mangent beaucoup et n'importe quoi.

4. **N'avoir ni queue ni tête :** c'est ce qui se dit de quelque chose qui n'a pas de sens.

5. **Chacun chez soi et les vaches seront bien gardées :** lorsqu'on reste chez soi, on se mêle de ses affaires et il n'y a pas de problème.

6. **Prendre le taureau par les cornes**: c'est ce qu'on fait lorsqu'on prend l'initiative d'une action.

7. **S'entendre comme larrons en foire**: s'entendre comme deux complices, prêts à faire les quatre cents coups.

8. **Se regarder en chien de faïence**: se regarder vraiment de travers.

9. **La vengeance est un plat qui se mange froid**: il faut savoir attendre pour se venger.

10. **Chat échaudé craint l'eau froide**: un chat qui a été ébouillanté craint aussi bien l'eau chaude que l'eau froide.

11. **Belle marquise, vos beaux yeux me font mourir d'amour**: cette phrase, qui

n'a pas besoin d'explication, est empruntée à la comédie *Le bourgeois gentilhomme* de monsieur Molière.

12. **Fais du bien à un cochon et il viendra crotter sur ton balcon**: sans commentaire. Dans le proverbe québécois d'origine, on employait un mot beaucoup plus fort à la place de «crotter», mais je n'ai pas osé l'utiliser dans mon texte. Tu peux imaginer ce que tu veux.

13. **Copains comme cochons**: c'est l'équivalent de deux amis inséparables.

14. **Le chat sort du sac**: on connaît enfin la vérité.

15. **Ne pas faire de vieux os**: selon le contexte, cela peut vouloir dire deux choses: ne

pas s'attarder quelque part ou encore mourir jeune.

16. **La nuit, tous les chats sont gris**: lorsqu'il fait sombre, tout le monde se ressemble.

17. **Mieux vaut tard que jamais**: il vaut mieux s'apercevoir trop tard de quelque chose plutôt que jamais. C'est l'équivalent de «ne pas mourir idiot».

18. **Cochon qui s'en dédit**: celui qui ne tient pas sa parole est un cochon.

Voilà! J'espère que tu as rigolé autant que moi. À la prochaine.

Angèle

TABLE DES MATIÈRES

ANGÈLE DELAUNOIS

Je suis née en France, au bord de la mer. J'écris des livres depuis dix ans. Comme j'adore les animaux, j'ai commencé ma carrière en écrivant des documentaires sur les oiseaux et les mammifères qui m'entourent.

Quand j'étais petite, je dévorais tous les livres de contes qui me tombaient sous la main. J'aimais surtout ceux dont les héros étaient des petits coquins d'animaux dégourdis. Cependant, j'ai toujours détesté « Les trois petits cochons », à cause du rôle de méchant qu'on y fait jouer au loup. Il faut dire que le loup est mon animal préféré. C'est pourquoi j'ai réglé ce vieux compte avec les trois cochons en écrivant une nouvelle version, avec une sauce à ma façon.

Quand je n'écris pas, j'aime faire la cuisine, jouer du violon, m'amuser avec ma fille et admirer les chevreuils qui viennent manger les fleurs de mon jardin.

Collection Sésame

Date Due

2 3 MARS 2004			
2 4 AOUT 2004			
- 2 DEC. 2004			
NOV - 4 2005			
JAN - 4 2011			

Achevé d'imprimer en juillet 1999 chez

VEILLEUX
IMPRESSION À DEMANDE INC.

à Longueuil, Québec